반짝일거야

2019 공주여자중학교 학생시집

반짝일거야

2019년 12월 23일 제1판 제1쇄 발행

엮은이   최은숙
지은이   공주여자중학교 시 쓰기 동아리 〈교동일기〉
펴낸이   강봉구

펴낸곳   작은숲출판사
등록번호   제406-2013-000081호
주소   413-120 경기도 파주시 신촌로 21-30(신촌동)
전화   070-4067-8560
팩스   0505-499-8560

홈페이지   http://cafe.daum.net/littlef2010
이메일   littlef2010@daum.net

©최은숙

ISBN 979-11-6035-077-7   43810

2019 공주여자중학교 학생시집

반짝일 거야

최은숙 엮음
공주여자중학교 시 쓰기 동아리 〈교동일기〉 지음

1부 　 왜 나한테만 그래?

2부 나는 작은 나비

3부 이타적인 경쟁자

4부 반짝일 거야

보고 듣고 몸으로 겪은 사소한 일의 반짝임

어린 시절, 나는 '이름'의 출처가 참 궁금했습니다. 하늘은 누가 맨 처음 하늘이라고 불렀을까? 나무를 나무라고 부른 첫 사람은 누구일까? 그 호명의 이유와 느낌을 알고 싶어서 하. 늘. 이라고 중얼거려보기도 했습니다. 더 신기한 것은 하늘에게 '하늘'을, 나무에게 '나무'를 이름으로 붙이는 것에 대한 사람들의 허락이었습니다. 누군가는 어쩌면 거미라고 부르고 싶었을 수도 있고 또 다른 누군가는 바람이라고 하고 싶을 수도 있지 않았을까? 나무가 나무가 된 걸 보니 나무라는 이름을 붙인 사람의 힘이 셌나 보다. 그런 생각을 하면 세수하다가도 멍해지고 빨래를 하다가도 눈에서 초점이 사라지곤 했습니다.

어떤 존재에 대하여 가장 먼저 '이름'을 붙이는 권리, 아마도 그것은 어린 내가 인식한 최초의 '힘'이었던 것 같습니다. 하늘을 하늘이라 하고 나무를 나무라고 하는 사회적 약속, 그리고 '나모'가 '나무'가 되는 언어의 시간도 내게는 무척 신비롭게 다가왔습니다. 그래서 국어 선생이 되었겠지요? 나중에 알고 보니 눈앞의 존재에 시선을 맞추고 이름을 부르며 그것에 대해 말하고 싶은 마음의 표현이 바로 시

詩였습니다. 존재에 가장 빛나는 이름을 붙여주는 사람이 시인이었습니다. 우리 지역 공주를 흘러가는 강물을 누가 가장 먼저 '금강錦江'이라 했는지 우린 모르지만, 금강이라는 말을 생각할 때 가장 먼저 떠오르는 사람은 있지요. 대서사시 〈금강〉을 쓴 시인 신동엽입니다. 여러분이 잘 아는 '껍데기는 가라'의 시인이지요. 앞으로 〈금강〉을 뛰어넘는 대작이 나오지 않는 한, 금강의 소유권은 영원히 신동엽 시인에게 있을 겁니다.

며칠 전 학교 복도에서 만난 수은이가 "선생님, 백석 시인 아세요?" 하고 물었습니다.

"백석 시인을 알아?"

"네 제가 가장 좋아하는 시인이에요. 「나와 나타샤와 당나귀」를 좋아해요."

우린 손을 붙잡고 팔짝팔짝 뛰었습니다. 팬클럽을 하는 기분이 이런 건가 싶더군요. 수은이와 나는 시인 백석을 사랑하는 마음으로 나란해졌습니다. 학기 초에 처음 만나 낯설었던 여러분과 시간을 잡아당긴 듯 가까워진 것도 시 쓰기의 덕분이었습니다. 쓰고 고쳐 쓰고 다시 쓰면서 스케치에 색을 입히듯 생생한 생활의 모습을 그려내 보이는 여러분이 예쁘고 신기했습니다. 그 작업이 참 즐거웠습니다.

우리가 다시금 새로운 눈으로 바라보고 정성을 다해 불러야 할 이름들은 언제나 우리 가까이에 있습니다. 가족, 친구, 이웃, 그리고 나, 내가 사는 곳에서 숨 쉬는 모든 것들이 우리의 시 속에서 새로운 빛깔을 입어 마땅한 대상입니다. 그들을 깊은 눈으로 바라보고 펜을 들어 가장 적합한 어휘를 찾고 새롭고 신선한 표현을 다듬어 그들에 대해 이야기할 수 있다면 우리는 사랑하는 대상을 세상에 불러낸 최초의 사람, 시인이 되는 것입니다. 그래서 우리는 보고 듣고 경험한 사소한 것들에 대해 오래오래 생각했습니다. 그중에서 웃음을 짓게 하거나 눈물이 고이게 하거나 문득 어떤 느낌을 주는 장면에 집중했습니다. 한 장의 사진을 찍듯, 장면 안에 담긴 사람과 사건과 배경을 스케치했습니다. 왜 그 장면을 선택했는지, 그 장면을 통해 내가 말하고 싶은 것이 무엇인지 찾아냈습니다. 시집 『반짝일 거야』에 담긴 시들은 그렇게 세상에 나왔습니다.

바다로 간 파도가 모래밭에 남긴 발자국처럼 모든 경험은 흔적을 남깁니다. 시를 쓰는 사람에게 손해가 되는 경험은 하나도 없습니다. 실패도 소외감도 외로움도 아픔도 모두 자산입니다. 경험을 두려워하지 말아야 합니다. 어린 시절의 나는 빨래도 하고 나무도 하고 불도 때고 먼 곳에 있는 학교에 늦지 않기 위해 해가 뜨기 전에 집을 나서기도 했습니다. 대학에 떨어지기도 했고 연애에 실패하기도 했습니다. 그땐 참 힘들었는데 지금 생각하면 적금 들어놓은 것 같습니다. 이해의 넓이와 깊이는 실패하는 경험이 주는 선물입니다. 경험이 내게 남긴 선물을 다른 사람들과 나누는 시 쓰기, 읽는 사람과 쓴 사람이 함께 고개 끄덕이며 성장하는 시 쓰기에 용기를 내어 동참한 여러분에게 박수를 보냅니다. 더 많은 시를 싣지 못해 아쉽지만, 시집에 작품이 실렸거나, 그렇지 않거나 그것은 크게 중요하지 않습니다. 정말 대단한 것은 시를 써 보았다는 것, 시에 관심이 생겼다는 것, 그리하여 세상을 바라보는 아름다운 방편이 하나 더 생겼다는 것입니다. 여러분이 호명하는 존재가 별을 가득 품은 우물처럼 깊고 반짝이기를 바랍니다.

학생들의 시를 한 편도 빠짐없이 소중하게 읽어주신 평론가 소종민 선생님께 감사드립니다. 평론가의 깊은 눈을 만나니 어린 시인들의 서툰 목소리가 더욱 소중하게 들려오고 시에 담긴 각각의 모습이 제 색깔을 입고 빛이 납니다. 예쁘고 산뜻한 표지 그림을 그려준 한단하 작가에게도 감사합니다. 머리에 붙은 정전기방지 패드, 앞머리를 말아 올린 롤, 자신들의 상징을 보고 학생들이 웃음을 터뜨리네요. 올해도 학생들의 시가 당당하게 설 자리를 마련해주신 작은숲 출판사의 대표 강봉구 선생님께 우리 학생들의 환성을 전합니다.

최은숙 공주여자중학교 교사

1부

왜 나한테만 그래?

파스 도둑

3학년 김연진

우리 집에는 항상 파스가 많다
물컹물컹 이상한 질감 한방 파스
얇은 종잇장 같은 흰색 파스
칙칙 뿌리는 파스
연고처럼 바르는 파스

이렇게 많이 사놓으면 언제 다 쓰나
그러나 며칠이면 사라지니
도둑이라도 들었나 싶다

어느 날 거실에서 아빠가 불렀다
손에는 두부처럼 하얀 파스를 들고
이것 좀 붙여 줘

소매를 걷어 올린 아빠의 팔에
다닥다닥 파스가 붙어있었다

헌 파스를 떼어낼 때마다
내 마음도 너덜너덜 늘어나고 찢기는 것 같았다

아무렇지도 않게 파스를 붙이고 방에 들어가서
티브이 보시는 아빠
문밖으로 들리는 연예인들의 웃음소리
그 사이로 허허 아빠의 웃음소리

손에 밴 파스 때문에
눈이 매워 눈물이 나나 싶었다

우리 언니는 성우

1학년 노현희

우리 언니는 성우다
나랑 말할 때는 두꺼운 목소리
남자랑 말할 때는 얇은 목소리

남자랑 같이 있을 땐
온갖 이쁜 목소리를 다 낸다
오빠 흥 있잖아요 흥

내가 입을 열면
눈에서 레이저를 쏜다
그러고서 남자가 가면
다시 원래의 언니로 돌아온다

나한테도 그런 목소리로 말하면 얼마나 좋을까?
역시 우리 언니는
여수다

나만 다른 생일 선물

3학년 김서아

나만 생일선물이 다르다
둘째 동생은 옷 사주고
셋째, 넷째 동생은 장난감
나만 치킨이다
엄마에게 왜 나만 치킨이냐고 불평을 했지만
"너가 치킨으로 생일선물 달라며?"
나는 그런 말 한 적이 없다
분명 옷 사달라고 그랬는데
엄마가 돈 없다고 치킨 사줬으면서
내 생일 때 미역국도 안 끓여줬다
동생들은 다 끓여줬는데 나만 안 끓여줬다
"너가 미역국 안 끓여줘도 된다며!"
나는 미역국 끓여달라고 그랬는데
엄마가 안 끓여준 거다
생일날 서운하다고 말은 안했지만
굉장히 서운했다

내 생일선물은
서운함이었나보다

왜 나한테만 그래?

1학년 신지영

내 이름은 시도 때도 없이 불린다
내가 앉아있으면
"지영아"
부르신다
그 일을 한 뒤 앉자마자 또
"지영아"

왜 나만 부르냐고 물어보면
오빠는 공부해야 한다고 한다
이러다 내 이름이 닳을 것 같다

발바닥에 불이 날 듯 움직인다
조금 쉬려고 눕는 순간
"지영아"

왜 나한테만 그래?

내 동생

3학년 장주희

나는 네가 싫다
내 귀에 바람 부는 것도
내 물건들을 몰래 훔쳐보는 것도
핸드폰을 들고만 있어도
야한 거 보냐고 물어봐서 싫다

밥 먹을 때, '쩝쩝' 소리 내는 것도
양치 안하고 잠을 자는 것도
게임 그만하라고 하면
"응 아니야~"
하고 계속 하는 것도 싫다

숙제 안 해서 과외 쌤 힘들게 하는 것도
언니랑 맨날 쓸데없는 걸로 싸우는 것도
집안일 1도 안하고 이것저것 시키며
부탁만 하는 모습도 너무 싫다

그리고 무엇보다도
자기가 잘생겼다고 거울 앞에서 똥폼 잡는 모습이
세상에서 제일 가장 싫다

내가 동생보고 뭐라고 한 소리하면
엄마는 바로 동생을 감싸며
애기한테 왜 그러냐고 하신다
저렇게 큰 게 애기는 무슨,
밖에 나가면 다들 오빠로 보는데

어제도, 오늘도, 내일도
동생을 바라보는 엄마 눈에서는
꿀이 뚝, 뚝, 떨어진다
숨만 쉬어도
칭찬받고 예쁨 받는 동생이 부럽다
그리고 싫다

무엇보다도 동생을 싫어하면서도
부러워하는 내 모습이
정말 싫다

통조림 꽁치 찌개

3학년 박선우

꽃무늬 앞치마를 입은 할머니
무를 뭉툭하게 썰어 뜨끈한 멸치육수에 풍당!
고추장, 고춧가루, 간장, 마늘, 맛있는 양념
옆에서 쫄래쫄래 따라 다니는 나
"할머니, 뭔가 빠졌어!"
"아! 꽁치하고 김치를 또 까먹었네..."
"또! 내가 기억하라고 했잖아!"
통조림 꽁치, 김치랑 숭덩 숭덩 파르르
음~ 이 맛이야!
며칠 전 따라해 본 통조림 꽁치찌개
역시 똑같지 않다
하나씩 하나씩 잊어버리시던 할머니
나에게 구박받으시던 우리 할머니
다시 투닥거리고 싶은
다시 먹고 싶은
통조림 꽁치찌개

사과밭의 엄마

3학년 이정은

청송 외할머니 과수원
어른들은 오재기에 사과를 따서 담고
우리는 잠자리를 쫓아다닌다

점심시간 밥 한 그릇씩 들고 둥글게 둘러앉았다
엄마는 말없이 울었다
유과이 나무가 있던 자리였다

먼 옛날 한 그루 사과나무를 향해
전력질주 하는 소녀들
그리고 흐뭇한 표정의 아버지
잘 익은 유과이 사과는 쩍쩍 갈라진다고 했다

갈라진 사과를 찾겠다고
경쟁하는 소녀들
그 사이에서 밀려난 막내딸

아버지는 높은 유과이 사과를 하나 따서
손에 쥐어주셨다

이제 유과이가 없는 과수원에서
엄마가 외할아버지를 보는 이유는
사과를 따주신 아버지의 손을 아직 놓지 못함일까

언니와 나 사이

1학년 이아진

언니와 나는
어떻게 같은 배에서 태어났을까?

이렇게 성격도 특성도 다른데
신이 실수한 것이 분명하다

프로그램 취향도 다르고
내가 TV를 보면
언니는 자다 일어나 볼륨을 줄이라고 소리를 지른다

언니의 아이패드를 써보고 싶은데
물어보기도 전에 짜증을 낸다

그런데 옷 취향은 같아서
서로 입겠다고 싸운다

언니와 내가 피가 섞이긴 한 걸까?

흰 수염 할아버지

3학년 김연주

엄마가 돌아가시고 3일 동안 장례를 치른 다음날
엄마가 무덤에 들어가는 걸 본 날이었다
편찮으신 건 알고 있었지만
그렇게 빨리 가실 줄은 몰랐다
그날 꿈에
흰 수염이 있는 할아버지가 나왔다

할아버지는 낮고 낯선 목소리로 내게 말했다
지금 하고 싶은 것이 있다면 말해 보거라
엄마를 보고 싶어요

가까이서 보지도, 한번 안겨보지도 못했지만
분명 우리 엄마라고 생각했다
마치 안개에 쌓여있는 듯 희미했지만
날 보며 여느 때와 같은 따뜻한 미소를 지어주셨다
그날 마지막으로 엄마를 봤다

아직도 많이 후회스럽다
그 소원을 잘 써먹었어야 했는데
나는 어리석었다

만약에, 아주 만약에
할아버지가 다시 찾아오신다면
이렇게 말할 것이다
엄마와 함께 행복했던 때로 가고 싶어요

엄마의 세상

3학년 윤예원

우리 엄마는 항상 참고 계신다
화가 나는 일도 참고 계신다
우리 엄마는 항상 상상만 하신다
사고 싶어도 갖고 싶어도 상상만 하신다
우리 엄마는 항상 바쁘시다
회사를 가고 집안일을 하고
엄마의 세상은 다르다

아빠는 아직도 모른다

3학년 복재이

아빠가 집에 오지 않는 날이면
우리 집에선 작은 파티를 벌이기 위한 비밀작전이 시작된다
엄마와 나와 동생은
모여 앉아 열띤 토론을 한다
치킨? 피자에 스파게티? 떡볶이?

파티 후
이번 작전에서 가장 중요한 일이 남았다

우리는 '흔적'을 없애야 한다
결제는 엄마 카드로
쓰레기는 곧바로 분리수거장으로
설거지는 먹자마자 바로 한다

완벽하게 비밀작전을 끝낸 우리는
언제 무슨 일이 있었냐는 듯이
엄마는 빨래를 개고 나와 동생은 책을 읽는다

눈물

3학년 이다윤

집으로 돌아가는 길 차에서
엄마가 나 때문에 울었다
내게 미안하다며
까불고 다녀서 밝은 줄만 알았는데
그게 아니었다며
엄마 때문인 것만 같다며 울었다

속이 다 타버릴 것처럼 아팠다
내 눈 앞에서 이렇게 우는 엄마는 처음이었다
무어라 제대로 한마디 못 하고
눈물만 가득 머금었다
말도 안 듣고, 장난만 치는 나여도
어디 가서 자랑할 만한 것도 없는 그런 나여도
날 위해 울어주는 엄마가 고마웠다

집에 도착하기 전까지
차에는 온통 따뜻한 눈물들이 가득했다

누룽지탕

3학년 김하나

가게 안 작은 쪽방에서 아플 때면
시끄러운 소리들 사이로
엄마 목소리가 들렸다

많이 아파?
토닥토닥 어깨를 두드리는 엄마의 손
마음 놓고 잠드는 어린 나

눈 떠보니 쪽방 사이로 들어오는
구수한 누룽지탕 냄새
핑핑 도는 머리를 잡고
밖으로 뛰쳐나가니
소박한 진수성찬이 펼쳐져 있네
혹시 엄마 걱정할까
자고 나니 다 나은 척 미소 씨익

김치 올려서 한입 떠먹으니
아픈 게 싹 다 나은듯한 기분
내 어릴 적 만병통치약
누룽지탕

덕담

3학년 박수민

사촌동생이 돌잔치를 했다
나는 아차상을 받았고,
사회자는 수상소감으로 덕담을 시켰다
내가 머뭇거리자 사회자는 자신을 따라해 보라고 했다

연모야
연모야
너가 대학을 갈 때
너가 대학을 갈 때
등록금 다 내줄게
…
또 머뭇거리자 다시 따라해 보라고 했다
연모야
연모야
너가 결혼을 할 때
너가 결혼을 할 때

축의금 200만원 낼게

…축의금 200만원 낼게

결국 대학 등록금과 축의금 200만원까지 약속했다

Ctrl C Ctrl V

3학년 이인혜

2004년 2월 5일, 우리는 세상에 태어났다
1분 먼저 태어난 이은혜
1분 늦게 태어난 이인혜

뱃속에서부터
어린이집, 유치원도 함께
초등학교, 중학교도 함께

이은혜는 나와 똑같은 생각을 하고 똑같이 반응한다
내가 머릿속에서 흥얼거린 노래를
걔가 부른다
나는 우리가 너무 신기하다
얼굴만 성격만 조금 다른
또 다른 나를 보고 있는 것 같다

한 때 나는 이런 생각을 했다

나이도 같고 모든 것이 비슷하니
차이점을 만들어야겠다고
공부를 할 때에도 그림을 그릴 때에도
은혜보다 더 열심히 했다
하지만 다 비슷했다
그제야 깨달았다
은혜는 경쟁자가 아니란 것을

우리 둘의 차이점을 알았다
조용한 성격인 나와
활발한 성격의 은혜
주어진 모든 것을 해결하기 위해 애쓰는 나와
자신과 맞지 않는 것은 놔버리는 은혜
언니 같다는 소리를 듣는 나와
동생 같다는 소리를 듣는 은혜
Ctrl C와 Ctrl V는 같은 Ctrl의 역할을 한다
Ctrl C가 복사를 하면
Ctrl V는 붙여준다

나와 은혜
비슷하지만 다른 우리
Ctrl C와 Ctrl V가 함께 문서를 완성하는 것처럼
은혜와 나도 함께 완성되는 존재인 것을 알았다

갱년기 vs 사춘기

3학년 박정윤

우리 부모님 젊은 시절
누구 한 명 말릴 수 없이
호랑이처럼 정말 무서웠지
버럭 소리 한 번 지르면
나의 기가 눌려 못내
울음을 터뜨리고야 말았으니

나이를 먹고
점점 온화해지시는 부모님
내가 말 한 마디 하니
바로 알겠다고 주눅 드시니
이제는 딸도 못 이길 정도지

우리 부모님은 갱년기
나는 지금 사춘기
갱년기 vs 사춘기

내가 겪어보니
뭐라 해도 사춘기가 이기는구나

작은오빠

3학년 이예나

머리스타일이 바뀌면
작은오빠는 옆에서
'푸우우웁'
비웃는다
짜증나는 작은오빠

나는 11살 작은오빠 14살
무단횡단 하는데
당황하고 있는 나를 보고
손잡고 길을 건너는 오빠

처음으로 잡았던 손
건너자마자 손 떼버리는
매정한 나의 작은오빠
안 챙겨주는 척
뒤에서 챙겨주는
가끔씩만 다정한 작은오빠

2부
나는 작은 나비

무덤

3학년 노유민

화단을 파고 놀던 두더지
결국에 쉬게 된 곳

담장을 넘고 놀던 고양이
끝에는 눕게 된 곳

남으로 향해 날던 기러기
마침내
앉게 된 곳

화단보다 좁고
담장보다 낮고
남쪽보다 추운
주차장
한 귀퉁이
배수구 옆

꽃신

3학년 김세민

어디선가 시선이 느껴진다
힐끔힐끔 쳐다본다
하염없이 쳐다본다

마주친 눈을 피해도 느껴진다
뭐야 왜 쳐다봐
결국 엄마에게 이른다

엄마 나 저거 살래

품 안 가득 신발을 안고
산성 시장에서
신나게 뛰어 나온다

신발장에 곱게 놓아둔 채
나를 바라보는 신발을

이번엔 나도 지지않고 쳐다본다

아직도 산성 시장을 지날 때면
떠오르는 아홉 살의 꽃신

흰 민들레

3학년 원정연

체육시간, 담장구석에서 흰 민들레를 보았다
꽃잎이 새하얀 민들레
쭈그려 앉아서 민들레를 보았다
그 때 거길 지나가는 사람은 아무도 없었다
나와 민들레만 있었다
흰 민들레가 부린 마법 같았다
며칠이 지난 후 그것이 꿈이었다고 생각했다
그리고 다시 체육시간
담장을 보았다
흰 민들레는 여전히 거기 있었다
지나가는 사람은 여전히 아무도 없었다
마법 같은 순간이었다

죽은 물고기는 아무 말도 해주지 않았다

2학년 박은지

이사 온 그날 물고기를 샀다
물고기는 여덟 마리
주황색도 있었고 흰색도 있었다

어느 날 저녁, 어항 청소하는 날
혼자서 어떻게든 해보겠다고 어항을 옮기는데
우르르 쾅 철퍽 쨍그랑

떨어진 어항은 아무 말도 없이
물고기들을 뱉어내고 있었다

간신히 찾아낸 물고기 일곱 마리
한참이 지난 어느 날 저녁
가구 옮기는 날
오래된 책장 밑에서 발견한
바싹 마른 물고기

아주 오래 거기 있었나보다

거기 있다고
귀띔이라도 해주지

물고기는 아무 말도 없었다

고래 이야기

3학년 박선민

무엇을 위해 향하는지 나 자신도 모른 채
앞으로만 앞으로만 나아간다

버티지 않는다면, 헤엄치지 못한다면
가라앉을 수밖에 없기에
누구보다 더 멀리멀리 나아간다

그 작은 수족관에서
조금이라도 자유롭고 싶어 했던
고래의 쓸쓸한 눈빛을 보았다

초롱초롱하지만 슬픔이 가득 찬 눈동자
거기 비친 내 모습을 보았다

어쩔 수 없는 건 그냥 받아들여야만 하고
발버둥 칠수록 괴로워지는 이곳에서
고래와 내가 나누는 다정한 속삭임

돌

2학년 정지우

나는 돌이 되었네
다툰 친구는 내가 돌인 듯
무시하고 지나치네
눈 한 번 쳐다보지 않고
가시 같은 따가운 눈치만
화살처럼 나를 명중시켰네

나는 무엇을 잘못했나
수십 번 수백 번 되새겨보지만
결국 화를 풀지 못한 채
멀어져버린 우리
절대 만날 수 없는 평행선 위
나는 화살이 잔뜩 꽂힌 돌

민들레 팔찌

3학년 전재희

무심결에 바라본 지우 손목
노란색 봄 같은 것
꺾여온지라 조금은 겁먹은 봄
향기만큼은 아직 시들지 않은
팔에 매달려 대롱대롱한 봄
나 여기 있다며 흔들리는 민들레
보면 볼수록 꽃 같은 봄

비행

3학년 이서연

나비는 우리와 닮았다

번데기가 되어 깊은 잠에 빠진다
길고도 짧은 시간을 지나 마침내
축축하게 젖은 날개를 펼친다

아름답지만 얇고 여린 날개로 허공을 넘실댄다
이슬에 반짝이는 첫 꽃을 찾아
더듬이 끝엔 꿀을 바르고
품엔 향긋한 별가루를 소중히 껴안는다

꽃이라는 목표 하나만으로 열심히 하늘을 난다
억센 바람에 휘청일 수도 있고
차가운 빗물에 외로이 눈물 흘릴 수도 있고
사람의 손짓에 날개가 찢어질 수도 있다

그럼에도 나비는 꽃을 찾는다
꽃을 찾아 나서는 먼 여행길
나는 작은 나비다

문제의 양말

2학년 최연아

스타킹이 문제인지
실내화가 문제인지
내 양말이 너무 잘 돌아간다

발이 문제인지
내가 바쁜 게 문제인지
맨날 돌려놓아
제자리에 놓아준다

내가 얼마나 바쁘게 지내는지
이 양말 두 짝이 알려주는 건지
뭔가 스타킹이 문제인 거 같긴 하지만
그래도 열심히 다니는 내가 멋있다

동전부자

1학년 임지은

버스 카드를 댔다
잔액 부족이 떴다

급한 대로 지갑을 연다
안에는 만 원 한 장뿐
세종대왕께서 나를 쳐다보신다

동전 몇 닢
백 원 두 개와 오백 원 한 개
버스비로는 부족하다

결국 낸 건 만 원
내게 오는 건 한숨
지금은 빨간불
눈치게임 시작

타다다닥
타다다닥

승자는 기사님
빠른 손놀림으로 빨간불 안에
다 주셨다

빵빵해진 내 주머니
백 원뿐이지만 나는 부자다
동전 부자

내가 가고 있는 길

3학년 이혜원

벗꽃 잎이 둥둥 떠다니는
시냇물을 따라가다 보면
언젠가는 네가 가야 할
길이 펼쳐질 거야

잔잔했던 물결이
크고 작은 바위를 만나며
흩어질 때도 있겠지

흩어지는 소리를 따라
다시 뭉쳐지는 소리를 따라
때로는 따스한 햇볕을 맞고
때로는 다리 밑 그늘에서

또 아주 가끔
물에서 먹이를 찾으며 헤엄치는

청둥오리들도 만나게 될 거야

그럼 반갑게 인사해 줘
네가 가고 있는 길이 옳다는 것을
그 청둥오리들이 증명해 줄 테니까

희미한 잔디

3학년 심나림

하나 둘 지나가는 사람들
내 시선은 땅바닥
어떤 걸음은 즐거움
어떤 걸음은 슬픔
내 발은 투명하다

매일 같은 하루를 또 다시 보낸다
학교와 집을 오가며 되새기는 말
아무 느낌 없다

내 발 앞의 지면패랭이꽃
쟤도 나와 같을까
누구의 관심도 없는데
왜 저렇게 활짝 피었을까
매혹적인 분홍색과 보라색의 오묘함

기분 나쁘게 밝은
장난인지 동정인지
햇살 속 위로의 손길

환해지다

3학년 윤지현

달리는 차 밖에 없는
도로 옆

보도에 핀
아주 작은 민들레 몇 송이

그곳에 핀 이유는 무엇일까
자기로 인해
밋밋한 도로가
환해질 것을 알았을까

형광등

1학년 한해영

형광등 하나가
톡, 소리를 내고 빛을 잃었다
방이 어두워졌다
형광등 하나가 짊어지기엔
이 방의 넓이도 밤의 어둠도 버거웠나보다

아빠가 형광등을 갈았다
형광등은 그제야 짐을 던 듯
밝은 빛을 냈다

혼자 있을 땐 짊어질 것들이 많겠지만
우리는 혼자 있는 형광등이 아니다
함께 빛을 낼 친구가 분명 있을 것이다
빛을 잃은 친구도 있을 것이다
친구를 빛내는 형광등이 되어 볼까

분홍빛 겨울

겨울이 가고 있어
눈이 내린다고 했지
흰 눈이 펑펑 내릴 거야
흰색으로 뒤덮이겠지

고양이와 함께
창밖을 내다봤어
눈이 내리는데
분홍색 눈이 내리고 있었지

일찍 핀 꽃들의 꽃잎이
눈과 섞여 떨어지고 있었어
분홍빛 겨울이었지
시리지 않은 겨울이었어

손톱깎이

3학년 최지은

손톱의 거시랭이가 신경 쓰일 때가 있다
그럴 때 나는 거시랭이를 떼어내려고 애를 쓴다
아무리 해도 못 떼어내면
손톱깎이로
'똑'
자른다
그러면 손이 시원하다

내 생일이 며칠 지나고
허그 쉼터 송재경 선생님께
며칠 전이 내 생일이었다고 얘기를 했다
선생님께서는 예쁜 모양의 손톱깎이를 주셨다

가끔 이럴 때가 있다
손톱의 거시랭이처럼
신경 쓰이는 친구의 말

그런 말이 나를 괴롭히려 할 때
난 허그 쉼터에 찾아와
선생님께 얘기한다

그러면 선생님께서는
"그랬구나. 참 안 좋은 마음이 들었겠구나"
하며 나를 이해해 주신다
나쁜 말이 신경 쓰일 때
선생님을 찾아가 털어놓으면
속이 후련해진다
손톱깎이 같은 선생님

3부
이타적인 경쟁자

여중생

3학년 지유진

뒤에선 그렇게 욕하다가
앞에선 아무렇지 않게 웃는다

시험기간에 서로에게
공부 하나도 못 했어 어떡해, 하는데
종일 독서실에서 살았다

여중인데 뭐 하러 화장을 해, 하는데
눈썹 창조하고 온 거 다 티 난다

다이어트 한다고 하면
정해진 멘트처럼
네가 뺄 살이 어딨냐, 하는데
이 말하는 애들은 다 말랐다

물 2L

3학년 박지선

다이어트중 제일 쉬운 물 다이어트를 시작했다
아침마다 편의점에서 물 2L를 사고 등교한다

아침에 페트병을 7등분해 나눈다
1교시마다 그만큼 마셔야 한다
이게 또 한 번에 마시면 안 된댔다

4교시까진 괜찮다
5교시부터가 고비다
더는 들어가지 않는다
결국 친구들에게 도움을 요청한다

페트병이 점점 비어간다
다이어트는 내 친구들이 했다

나

3학년 윤은혜

다른 친구들과 달리
화장을 하지 않는
나
망가지는 모습조차도
두렵지 않은,
예쁜 치마보단
편한 후드티 차림인,
남들과 달리
유니크하게 생긴,
머리에 신경 쓰지 않는
나
나는 이런 내가
너무 좋다

헛된 로맨스

3학년 김혜인

사람들이 북적북적한 100번 버스 안
매의 눈으로 버스 안을 스캔한다
어? 쟤 좀 괜찮은 것 같아!
친구와 나는 뚫어져라 시선고정

어? 쟤도 나 쳐다본 거지! 맞지?
요동치는 나의 심장
심장아 조용히 좀 해
너 때문에 다 들키겠다

혼자 오두방정을 떨며 심취하고 있는데
저 멀리서 나에게 다가오는 그
눈을 질끈
알고 보니 버스 벨을 누르려고 하는 동작

로맨스는 꿈도 꾸지 말자고

오늘도 다짐한다
내일도 까먹을게 뻔하다

정국오빠

3학년 김정이

아침에 일어나 SNS에 들어가니
아침부터 실시간 검색어에 이게 뭐냐
사람들이 난리였다
맙소사 나의 오빠의 열애설이었다

엄마가 동생에게 말했다
이제 너네 누나 어떻게 하냐
아니라고 믿고 마음을 다잡은 뒤 학교에 갔다
너네 오빠 어떻게 된 거냐?
이게 무슨 일이냐
모두 우리 오빠의 열애설 얘기였다

불안감이 덮쳐왔다
어느새 나의 눈엔 눈물이 차오르고
눈물이 또르르 떨어졌다
점심시간에 잠시 본 실검에는

열애가 아니라고 하였지만
나의 기분은 나아지지 않았다
엄마도 말씀하셨다
아니라는 말을 또 믿냐?

지금 나는 나의 오빠를 보면
말할 수 없는 감정이 생긴다
전 남친이 있다면 이런 기분일 것 같다

집 가는 길

3학년 문주희

집 가는 길이었다
자꾸 바람이 나를 흔든다
툭, 건들고 지나간다
눈도 한 번 맞춘다

손 닿은 자리에 열꽃이 피어서
자꾸 간질간질거려서
쳐다보지 않을 수가 없다

버스타고 지나간 너,
이름도 모르는 너,

바람이니 태풍이니?

환불받는 방법

3학년 김태희

새로 산 내 원피스
환불하러 간다
아이라인은 진하게
마스카라는 하늘까지 높이
입술은 쥐 잡아먹은 듯이
풍선껌 하나 씹으면서
환불하러 간다

젠장,
나보다 예쁘고 강력한 인상
망했다

이명이 들렸으면 좋겠다

1학년 김수아

이명이 생겨서 대전 병원에 갔다
진료하고 검사하는데
의사쌤이 잘생겨서 계속 보고 싶었다
진료가 끝나서 아쉬웠다
오늘 검사결과가 안 나온다고
일주일 후에 또 오라고 하였다

뭔가 좋으면서도 긴장되었다
일주일 후 다시 병원을 찾아갔다
의사쌤을 보니 귀가 안 좋아지고 싶었다
근데 검사결과는 귀가 너무 좋아서
이명이 들린 것이라고 했다

좋으면서도 싫었다
의사쌤을 다시 못 보니까

쪽박

3학년 박윤아

학원에서 시작되는 도박
당연한 듯 내게 오는 속박
선생님은 매일같이 구박
구박하는 선생님은 야박
오늘도 내 시험점수는 소박
집에 가는 발걸음 타박타박
아싸 엄마 주무신다 대박

이타적인 경쟁자

3학년 노가영

긴장감이 흐르는
기말고사 삼일 전 자습시간

역사공부를 하다 울었다
친구들은 진심으로 위로해주고
같이 슬퍼하고 힘들어했다
나만 힘든 게 아니구나
마음이 놓였다

하지만 이 답답한 한국교육과정보다
더 슬픈 것은
나를 위로해주는 내 소중한 친구들이
내 경쟁자라는 것

왜 안 돼?

3학년 고수연

치맛단 박지말래
마의를 속에 입으래
체육복 등교 안 된대
외모를 꾸미지 말래
근데…

다른 사람 따라하지 말래
독창적으로 만들래
창의력과 창조성이 중요하대

다 똑같지만
다 달라야 한대

토끼 같은 주말

3학년 배지우

학교
학원
집
학교, 학원, 그리고 또 집

반복되는 일상에 갇혀 있다가
만끽하는 꿈 같은 주말

평일은 거북이 같은데
주말은 왜 이리 토끼 같은지

토끼와 거북이 동화처럼
토끼가 낮잠 좀 잤으면 좋겠다

그러지 말아야지

3학년 고수정

아침에 항상 사소한 이유로
엄마와 말다툼을 한다
꾸중 듣기 싫은 나는
얼른 방으로 들어가 버린다

기분이 좋지 않다
얼른 나갈 시간을 기다리며
폰만 만지작거린다

갔다 온다는 인사도 안하고
집을 나와 버스 타러 가는 길
아침부터 화내면 하루 종일
일이 안 풀린다는 엄마의 말
계속 생각난다

내가 먼저 사과할 걸 그랬나

인사 정도는 하고 나올 수 있는데
쎄도 너무 쎈 내 자존심
그러지 말아야지

장난스런 키스

3학년 김가빈

왕대륙 영화 찍는대!
기다리는 것조차 행복한 시간
왕대륙 영화 개봉이다!
영화관에 들어가 그의 얼굴을 보는 순간
다시 한 번 사랑에 빠졌다

짝사랑이 성공해 고백 받은 위안샹친
"이번 생엔 나만 좋아해야 돼."
내가 위안샹친이면 얼마나 좋을까?
정말 우연이었던 첫 번째 키스
운동회 끝난 후에 두 번째 키스
위안샹친이 잘 때 세 번째 키스
멋지게 고백할 때 네 번째 키스

내가 위안샹친이라면,
오조 오백 번을 할 텐데
다음 생엔 왕대륙 부인으로 태어나야지

서바이벌 등교

3학년 최가영

오전 7시, 아이폰 알람이 울리면
뜨고 싶지 않아도 저절로 떠지는 눈
5분만 더 아니 3분만 더
다시 자면 나를 깨우는 엄마의 목소리

어기적어기적 거실로 나가
계란말이와 김치찌개를 먹고
장을 시원하게 비운 뒤
치카치카 양치질을 하고
어푸어푸 세수를 한다.

신서유기를 보면서 교복을 입으면
어머나, 벌써 7시 38분!
50분 버스를 타기위해
고데기도 빨리빨리
썬크림도 빨리빨리

신발 뒤축을 아무렇게 꿰어 신고
버스 정류장으로 향한다

오늘도 험난하게 시작하는
나의 아침 서바이벌 등굣길

저예요

3학년 양지온

이은림 선생님
5학년 때 온도계 깨고 모른 척한 애, 저예요
지금 생각해보면
알면서 모른 척하신 게 아닐까, 싶어요
말할까 말까
오천 번 넘게 고민한 저를 용서해주세요

먹깨비 친구들아
1학년 때 방귀 뀌고 모른 척한 애, 나다
그때 아무 이유 없이
용의선상에 올랐던 친구들아
내가 정말 미안해

사랑하는 할아버지
얼마 전 학교 앞에서 절 기다리셨을 때
조금 창피하다고 생각한 손녀, 저예요

맛있는 거 사먹으라고, 집 갈 때 버스비로 쓰라고
건네주신 만 원 한 장
받은 사랑보다 더 큰 사람이 될게요

그렇지만
평생 속에서 덮고 숨기려 했던 일을
밝히는 것보다 더 하기 힘든 말은

선생님과 친구들, 할아버지를 정말 사랑하는 사람
저예요

나에게 주고 싶다

3학년 이지우

지금의 나는 종이를 마음껏 쓸 수 있다
여백을 잔뜩 남기고 글씨를 써도 다음 장이 있다
가위로 종이를 자르고 난 뒤에 남는 쪼가리
미련 없이 쓰레기통에 버릴 수 있다

어렸을 때의 내가 지금의 나를 보면 놀라겠지
부모님이 맞벌이여서 집에서 혼자일 때가 많았다
그림을 그리는 게 즐거웠다.
스케치북에 그림이 가득해져
꾸역꾸역 공간을 덧칠하는 나날도 늘어갔다

그때는 몰랐다
스케치북을 새로 사 달라 했다면
어떤 공간에 그려야 할지 찾는 게 아니라
어떤 그림을 그려야 할지 고민했을 텐데

가끔씩 자르고 남은 종이 쪼가리를 보면
어린 나에게 주고 싶다
지금 나는 쓰레기통에 버리지만
어린 나는 그 조각을 모아서 즐거운 하루로 보낼 텐데

이제 처음이 아니니까

2학년 박서진

친구들의 발에 짓밟혀
너는 왕따가 되었지
그런 모습의 너는 처음이라
내 마음의 손을 놔버렸고
곁에 있으면서도
널 혼자로 만들었어

우리에게 이런 절망은 처음이라
자책을 만들어냈고
자책은 분노가 되어
서로를 공격했지
나에게 불화는 처음이 아니었고
너를 잊는 것을 목표로
너무나도 잔인하게 행복을 누렸어

그런데 너는 그게 아니었나 보구나

석 달 만의 재회에서
우리는 처음이 아니라 매일을 함께했던 사람마냥
끈끈한 연을 느꼈지
너는 끝까지 날 걱정하고 있었고
날 항상 그리워하고 있었다는 걸
나는 처음으로 깨닫게 되었어

그날 밤 나는
네가 사준 공책을 끌어안고
가슴 속 깊이 다짐했지

이제는 처음이 아니니까
다시는 실수 하지 않겠다고
너의 이번 눈물이
처음이자 마지막이 되도록 하겠다고

꼭 가깝지 않아도

3학년 송시언

내 옆자리는 비었다
학교에서도 짝이 있고
학원에서도 같은 책상을 쓰는 아이가 있고
집에서도 같은 소파에 앉는 가족이 있지만
내 옆자리는 비었다
내 옆에는 아무도 없다고 느껴진다
하지만 어쩌면
교탁에서
떨어져 있는 책상에서
각자의 방에서
나를 생각하고 있는
누군가가 있을 수도 있다

4부
반짝일 거야

반짝일 거야

3학년 정은아

갈아야 하는 전구는 반짝거린다

언젠가 누군가는 내가 한 노력을
알아줄 테니 좌절하지 않기
혹여나 힘들면 소리 질러서
메아리한테 위로받기
기다리다 보면 찰나의 순간이 아름답겠지

내가 한 노력들을 알아달라 소리쳤다
내 목소리가 나의 대답이었다
그래도 유일하게 알아주는 메아리가 있었으니
나는 소리치는 내 목소리에 위로받기로 했다
언젠가 나는 전구보다 더 반짝일 거야

집에 가는 길

3학년 최선희

초등학생 땐 친구들과 떡볶이 사 먹고
자두 맛 사탕 사 들고 놀이터로 향하고
술래잡기하며 뛰어놀면서
밝은 하늘 보며 집에 갔는데
언젠가부터 집 가는 길에 보이는 건
어두운 밤하늘과 수많은 별들
문 닫은 가게들과 불 켜진 가로등
나도 이젠 공부해야 하는 학생이어서
이 어두운 귀갓길에 익숙해져야 하는 거더라

나는 나

3학년 유지희

나는 '여성'으로 태어난 학생이다

여성으로 태어났기 때문에
귀에 딱지가 앉도록 들었던 말들
여자가 행동이 그게 뭐니?
여자는 집안일도 좀 할 줄 알아야 해
여자가 애교도 좀 있어야지
여자는 공부를 잘해야 남자가 데려가는 거야

나는 어떤 성별로 태어나는가에 대한
선택권을 쥐고 있지 않았다
고작 염색체 하나만으로
나를 대하는 태도가 달라지고
들으며 사는 말이 달라지고
인생이 달라진다

세상은 왜 XY의 중심일까?
XX와 XY는 계단이 아닌
수평선 위에 있어야 한다

나는 '유지희'로 태어난 학생이다

해바라기

3학년 김다은

여느 때와 다름없는 여름이었다
점심시간 혼자 앉아서
평화롭게 축구를 보던 나에게
공이 빠르게 날아왔고
피하기에는 이미 늦어버려
조용히 눈을 감았지만
아무 일도 일어나지 않았었다

눈을 떴을 때
그 아이가 내 앞에서
환한 미소를 지어 보이며
"괜찮아?"
하고 물었다

그저 평화롭던 나에게
무슨 일이 생겨버리고 말았다

그때 그 순간만큼은

줄곧 나의 시야를 방해하며
눈을 부시게 하던 햇살보다
그의 웃는 얼굴이 더욱 빛나서
나의 눈뿐만 아니라
마음마저 눈부셨고

나는 대답 대신
그를 위한 한 송이의
해바라기가 되고 말았다

찾아주세요

3학년 박채림

나는 왜 남자가 없지
나도 생겼으면 좋겠다
키 큰 남자 성격 착한 남자
여자 없는 남자
연락 빨리 보는 남자
귀여운 남자
모든 걸 다 갖춘 남자 어디 없나
남자는 널리고 널렸다는 말이
나에겐 안 맞는 것 같다
근데 이게 중3의 고민이어도 되는 걸까

친구 사귀기

1학년 이홍주

등교 첫날 달팽이가
등껍질 안으로 들어가듯 나도
몰래 숨어버리게 된다

생일을 기다리는 것처럼
친구들이 먼저 인사하기를 바란다

내가 먼저 인사하고 싶지만
누가 날 조종하듯 멈추게 된다

하루하루가 지나고
나는 더 동굴 속으로 들어간다
마치 아무도 날 동굴 속에서 구해주지 않을 것처럼

나는 매일 같이 구조대원을 기다린다

피구

3학년 홍민지

여중에서의 피구는 대환장이다
공을 맞지도 않았는데
맞은 것처럼 난리

슉슉 빠르게 날아가는 저것을
공이라고 할까?
운석이라고 할까?

온몸을 던지며 서로 돕는 시간
너와 나는 같은 마음이니?

비명 소리
묵직하고 비장한 목소리
지금만큼은 모두가 일심동체

여중이니? 군대니?

속마음

3학년 정새빈

애들아 규칙을 지켜야지
언제부터 억압받는 게 규칙이 된 거죠?

애들아 수업 시간에 조용히 해야지
수업을 즐겁게 해주실 순 없나요?

말대답 좀 그만할 수 없니?
하지 않고 싶지만
선생님이 말씀하신 건
저의 생각과 다른 걸요

다른 애들처럼 평범하게 지낼 순 없니?
저희의 십 대를 평범하게 보내기엔 너무 아까운 걸요

너희는 그런 애들이구나
그런 애들 기준이 도대체 뭔데요?

선생님들이 만든 틀에
저희를 맞춰 넣으려 하지 마세요

우리는 우리의 십 대를 단지 즐겁게 남기고 싶을 뿐
정말 그것뿐

가나다라마바사

3학년 황소윤

가고 싶다 집에
나가고 싶다 학교에서
다리를 건너 금강을 지나 집으로
라랄라 노래 부르며 집으로
마상 입을 일도 없고
바보같이 당할 일도 없다

사는 게 사는 게 아니다

꼭 그랬어야만

2학년 이나연

옛날에는 그랬지

늘 조용하고 말이 없었지

무리에 끼지 못해서 걱정이었지

늘 무념무상이었지

외롭지 않은 척, 힘들지 않은 척

그때는 그랬지

하지만 지금은 무리에 있으니 평화로운 건가

강. 약. 약. 강

강한 자한텐 약하고

약한 자한텐 강하다

트라우마가 생기면 어쩔 수 없이

강약이 생긴다고 생각하지만

꼭 그랬어야 하나?

이해하려고 해도 그럴 수가 없다

나도 상처가 있었으니 어쩔 수 없었을까?

늘 은근히 그래 와야 했을까?

당하는 사람 마음은 생각 안 해 봤을까?

꼭 그랬어야만 했을까?

수요일은 다 먹는 날

1학년 김민지

수다날의 메뉴
치킨마요덮밥
팽이 장국
배추겉절이
모듬 야채 피클
깍두기(선택)
딸기

수요일 점심이었습니다
스티커 받기 위해 국까지 다 먹었습니다
학급별이었습니다
애들이 안 먹었습니다
우리 반 스티커가 적습니다
배신감에 치를 떨었습니다

열심히 안 먹을란다

목요일과 또치 사이

3학년 전유빈

내가 좋아하는 그 사람을
나는 또치라고 부른다

일주일 중 가장 기분 좋은 날
가장 설레고도 걱정되는 날, 목요일
바로 또치를 보는 날이다

머리가 이상한지 수십 번을 보고
옷차림이 괜찮은지 수십 번을 보고
또치가 보이면 힐끔힐끔 보고

또치를 보면 심장이 북이 된 것 마냥
쿵 쿵 쿵 쿵 요동친다

또치도 나를 보면 심장이 뛰길
아니 요동치기를

삶이란 무엇일까

3학년 김희연

줄 공책은 내 삶
누가 정한 건지
하나, 둘 나열되는 내 삶
아침에 느리적 일어나
학교에 부르릉 갔다가
학원에 흐느적 갔다 오면
시원한 맥주 한 캔 캬~는
못하지만 시원한 물 한 컵으로
끝나는 내 하루

세상이 빈 공책이었으면
하고픈 대로 그리고 써 내려갈 텐데

시간이 약

2학년 윤의진

시간이 약이라더니
시간이 아무리 지나고 지나도
마음의 상처는 그대로 남아있네

웃는 척하며 행복한 척하며
내가 나의 그 상처를
깊게 더 깊게 만드네

누군가 알아봐 주었으면
누군가 괜찮다고 달래주었으면
가시덤불 같은 이 길이
꽃길처럼 피어나 있지는 않았을까

"몇 년이나 살았냐"
"너보다 더한 사람이 많다"
생각 없는 그 말들이 더 아프게 하네

시간이 약이라더니
몇 년이 지나고 지나도
그 상처는 그대로 남아있네

웃는 척하며 행복한 척하며
내가 나의 그 상처를
깊게 더 깊게 만들어가네

나는 너, 너는 나

3학년 김혜연

나무늘보는 졸리다

나무 위에도 못 올라가고 바닥에서 잔다

열매를 따 먹지도 않고 잔다

친구들과 이야기도 안 하고 잔다

나무늘보는 자고 또 잔다

왜 자꾸 졸린 지 모르겠다

결혼 -> 출산?

사람들은 말한다
저출산이라고
여성들이 결혼을 안 한다고
결혼을 하고
아이를 둘 이상 낳아야 한다고

정말 쉽게들 생각하는구나
누굴 위한 일일까?
아이?
국가?
다 틀렸어
아이도 나라도 아니야

기계의 나사처럼
점묘화의 점처럼
우리는 세상이 돌아가기 위해

존재하는 부속품이 아니야

우리가 살아 숨 쉬는 세상이
아름답고, 안전하고 행복하다고 느끼면
그때야
바로 그때 소중한 아이를 낳겠다고
결심하는 거지
누구를 위해서?

우리를 위해서

관심

1학년 서은재

나는 털보다
세상에 처음 태어난 날부터 털에 둘러싸여 빛을 봤다
아주 어렸을 적 엄마가 내 머리를 밀어버린 사건이 있었다
그 이후 머리숱이 어마어마하게 많아졌다 마치 야수처럼
이모도 덧붙이셨다
"나는 네가 너무 털보라서 이 세상을 살아갈 수 있을지 고민이었어."
스타킹 때문에 제모하는 내 기분, 아무도 모를 거야

나는 똥쟁이다
젖먹이 시절 먹고 토하며 다시 먹는
끈질김을 하루가 멀다 하고 드러냈다고 한다
젖 폭식 후 기저귀를 똥으로 덮어버린 나
엄마에겐 공포였을 것이다
4살쯤 바게트를 통째로 먹은 후 변기가 막혔다고 한다
학교 변기들! 조심해

나는 알몸 마니아이다
내 사진첩을 장식하고 있는 '벗샷'
물론 변태는 아니다
씻고 나와서 얼굴만 찍는 것
촉촉해서 미끄러질 것 같은 피부와
머리 위에 올려진 수건 덩어리
조각상 같다
수련회! 기대 중

나는 다이어터다
진실을 기대하지 말아야 한다
내일부터 굶는다
내일부터 저녁 없다
나 먹으면 뺏어 먹으세용
진짜 뺏어 먹으면 죽는다! 나 원래 짐승이야
진짜 내일부터다
내가 엽떡 가자고 하면 거절해 제발

나는 관종이다
관심? 날 위한 것이다
난 관심 없인 살 수 없다

그래도 구걸은 안 한다
자고로! 내 관심은 내가 챙기는 것이다

반짝이는 별의 노래를 들어라
– 공주여자중학교 학생시집 『반짝일 거야』

소종민 문학평론가

충청남도 공주시는 삼국시대 백제의 옛 도읍지다. 공주 시내는 금강을 경계로 남북으로 나뉘는데, 터미널과 공주대학교가 있는 북쪽은 1980년대 중반부터 건물들이 들어서고 도로가 정비되면서 주거지역이 되었다. 강 건너 남쪽은 1,500여 년 전 백제가 도읍으로 삼은 곳이다. 강 건너 동쪽에는 동학농민전쟁 최후의 전투가 벌어졌던 우금치가 있으며, 가운데는 세계문화유산이 된 무령왕릉이 있고, 서쪽은 금강 변 곰나루가 있다.

천 년이 훌쩍 넘도록 사람이 살아온 공주는 참 아늑하다. 공산성에 올라 공주 시내를 바라보면, 높은 건물이 많지 않아 야산들과 달동네, 제민천 변 주택가와 상가들이 한눈에 들어온다. 유서 깊은 공주시에 사는 사람들은 어떤 심성으로 어떤 삶을 꾸려나가고 있는지 궁금하다. 남서쪽 작은 산 기슭에 학교가 있다. 바로 공주여자중학교다. 공주여중 학생들은 어떤 친구들일까?

여기 한 권의 책이 있다. 바로 공주여중 학생들이 쓴 시를 모은 시집 『반짝일 거야』다. 학생시집 『반짝일 거야』에는 공주여중 학생 69명이 쓴 69편의 시가 실려 있다. 오랜 역사를 간직한 공주는 언제나 햇살이 가득한 아담한 도시다. 시내 이곳저곳 걷다 보면 문득 하늘이 참 잘 보인다는 걸 깨닫는다. 파란 하늘, 흰 구름이 잘 보이는 동네에서 자란 공주여중 학생들은 자신의 느낌과 생각을 시에 어떻게 담아냈는지 몹시 궁금하다. 얼른 친구들의 시를 읽어 보자.

파스 도둑 아빠, 사과밭의 엄마

수많은 파스를 사라지게 한 '파스 도둑'의 정체는 아빠였다. 아빠는 힘든 노동으로 늘 근육통에 시달린다. '나'는 "손에 밴 파스 때문에/ 눈이 매워 눈물이 나나 싶었다."(김연진, 「파스 도둑」) 일에 바쁜 아빠가 집의 작은 파티에서 제외되는 일도 잦다(복재이, 「아빠는 아직도 모른다」). 늘 참기만 하고, 늘 상상하기만 하고, 늘 바쁘기만 한 엄마의 세상 역시도 '나'의 세상과 너무 달라서 근심스럽기만 하다(윤예원, 「엄마의 세상」). 엄마와 말다툼하고 나서 너무 미안한 마음이 들었고(고수정, 「그러지 말아야지」), 엄마의 눈물을 처음 보았을 때 너무 놀랐고 또 슬펐으며(이다윤, 「눈물」), 감기몸살로 누워 있을 때 "토닥토닥 어깨를 두드리는 엄마"(김하나, 「누룽지탕」)가 참 고마웠다.

엄마와 아빠 때문에 우리 마음에는 여러 색깔 여러 모양의 감정이 일어난다. 아빠, 엄마는 우리를 걱정하게 하고 불편하게 하고 가끔 짜증나게도 하지만 엄마, 아빠 없이 과연 '내'가 스스로 할 수 있는 게 얼마나 될까? 엄마, 아빠는 다른 '나'이기도 하다. 특히 엄마는 당신의

배를 부풀려 '나'를 독립된 인격체로 떼어낸 사람 아닌가? 그래설까? 엄마는 '나'를 늘 자신처럼 생각하고 또 너무 아기처럼 여기지만 생각해보면, 사실 '나'는 엄마 자신의 몸과 마음이었다. 엄마와 '나'는 어떤 '끈'으로 이어져 있다.

'내'가 어릴 때엔 엄마, 아빠도 젊었는데 이젠 좀 늙으신 듯하다. 한 마디 하면, 두 사람 다 바로 주눅 드는 것에서 더 그렇게 느껴진다(박정윤, 「갱년기 vs 사춘기」). 세월이 흐르는 게 아쉽지만 그렇게 엄마와 아빠는 우리들과 함께 자라고 점점 변화되어 간다. 엄마도 어릴 적이 있었다. 어린 막내딸에게 사과를 따서 손에 쥐어 준 외할아버지를 엄마는 기억한다(이정은, 「사과밭의 엄마」). 엄마가 어렸을 때 모습을 상상해 본다. 나보다 키가 컸을까? 더 예뻤을까? 공부는? 우리처럼 중학생이었던 그 엄마가 자라서 어른이 되고, 중학생 딸을 둔 엄마가 되어 있다.

김연주의 「흰 수염 할아버지」는 따뜻하고 슬프다. 흰 수염 할아버지가 엄마를 만나게 해주었다. 꿈에서 다시 할아버지를 만난다면, 이번엔 '엄마와 행복했던 때'로 데려가 달라고 부탁하려고 한다. 엄마는 돌아가셨지만, 엄마의 일부인 나는 여기 있다. 우리가 어린이집이나 초등학교 다닐 때는 키도 작고 생각도 얕았지만, 이젠 엄마보다 더 크기도 하고 아빠 키만큼 자라기도 했다. 거의 나만 한 엄마, 아빠를 생각한다. 지난달보다는 더 이해할 수 있고, 어제보다는 더 다정하게, 아빠와 엄마를 생각한다. 가장 가까이에 있는 두 사람에게 내 마음을 '시'로 선물하는 것이다.

우리를 자라게 하는 건 비단 엄마, 아빠만이 아니다. 할머니, 친척들, 오빠, 언니, 동생도 우리를 자라게 한다. "꽃무늬 앞치마를 입은 할머니/ 무를 뭉툭하게 썰어 뜨끈한 멸치육수에 퐁당!"(박선우, 「통조림 꽁치찌개」) 할머니가 끓여주는 찌개는 언제나 맛있었다. 사촌동생 돌잔치에 가서 사회자 말을 따라 하다가 어이없는 약속도 했다(박수민, 「덕담」). 가족이 된다는 건 서로 약속하는 것이기도 하겠지만, 그래도 따라 해서는 안 되는 게 있다는 것을! 따라 할 건 따로 있다.

나는 언니를 따라 하고, 동생은 나를 따라 한다. 근데 다르다. 샘도 나고 짜증도 나고 신기하기도 하다. 남자랑 말할 때랑, 나랑 말할 때랑 목소리가 달라지는 우리 언니는 여우 같다(노현희, 「우리 언니는 성우」). 언니랑 나는 너무 다르다. 과연 한 자매인지 의심들 때도 있다. "이렇게 성격도 특성도 다른데/ 신이 실수한 것이 분명하다"(이아진, 「언니와 나 사이」). 아마 달라도 너무 달라서 '나'만의 특징을 생각하고 만들게 되는 듯하다.

오빠는 조금 멀다. 오빠가 좋은데 오빠가 자꾸 놀린다. "안 챙겨주는 척/ 뒤에서 챙겨주는/ 가끔씩만 다정한 작은오빠"(이예나, 「작은오빠」)다. 오빠는 '츤데레'다. 티격태격해도 안 보이면 심심하다. 함께 산다는 게 이런 걸까? 우리들은 궁금하다.

내가 가는 길

시집 『반짝일 거야』는 가족, 친구, 학교, 자연 등에 대한 다양한 성찰이 실려 있다. 여러 소재의 시 가운데 '나'를 표현한 시들이 가장 많다. 유소년 시절을 지나 청소년기를 맞이한 중학생인 만큼 '내 자신'에 대한 관심이 많은 건 당연한 일이다. '나'에 대한 관심이 '현재'의 나를 넘어 '과거'의 나에게, 나아가 '여성'인 나에게도 닿아 있음을, 이 시

집에서 공주여중 친구들은 잘 보여준다.

꽃신이 나를 보는 것 같고, 부르는 것 같은 느낌이 드는 건 실은 꽃신에 마음이 온통 빼앗겨서 그럴 테다(김세민, 「꽃신」). 지금도 '산성시장'을 지날 때면, 엄마를 따라 시장에 왔다가 꽃신을 사달라고 조르던 '아홉 살'의 내가 떠오른다. 어렴풋하지만 그날의 햇살과 소리와 냄새 같은 것도 함께 느껴지는 것이다. 과거의 나는 현재의 기억 속에 살아 있다. 부모님이 맞벌이하느라 늘 그림을 그리며 혼자 시간을 보내던 기억도 떠오른다(이지우, 「나에게 주고 싶다」).

오늘의 나는 외로웠던, 어제의 나를 안아주고도 싶다. 초등학교 때는 오후에 집에 갔지만, 지금은 해가 저물고 저녁에 되어야 집에 간다. "언젠가부터 집 가는 길에 보이는 건/ 어두운 밤하늘과 수많은 별들/ 문 닫은 가게들과 불 켜진 가로등"(최선희, 「집에 가는 길」)인 것이다. 과거는 늘 아쉽고 아릿하지만, 그 기억이 오늘을 새롭게 만들어간다.

현재의 나는 "무엇을 위해 향하는지 나 자신도 모른 채 앞으로만 앞으로만 나아간다"(박선민, 「고래 이야기」). 수족관에 갇힌 고래의 슬픈 눈동자에 비친 나도 보인다. 내가 가고 있는 길은 시냇물 같은 것이어서, 크고 작은 바위도 만나고, 흩어지고 뭉쳐지는 소리를 따라 따스한 햇볕과 다리 밑 그늘도 만나며, 먹이를 찾는 청둥오리도 만난다. 서로 만나면 반갑게 인사를 나누길!(이혜원, 「내가 가고 있는 길」) 또한 우리는 나비와 닮았다. 번데기에서 깨어나 젖은 날개를 펴고 허공을 넘실대는, 우리는 작은 나비다(이서연, 「비행」). 가끔은 억센 바람에 휘청일 수도 있고, 차가운 빗물에 눈물 흘리기도 하고, 사람의 손짓에 날개가 찢어질 수도 있지만, 우리는 꽃을 찾아 지치지 않고 끊임없이 날아갈 것이다.

학교와 집을 오가는 "어떤 걸음은 즐거움/ 어떤 걸음은 슬픔"이다. "내 발은 투명하다". 시선을 땅바닥에 두고 걷다가 만난 패랭이꽃. "누구의 관심도 없는데" 활짝 피었다(심나림, 「희미한 잔디」). 무심하게 반복되는 하루하루. 내 삶은 줄 처진 공책 같다. "세상이 빈 공책이었으면/ 하고픈 대로 그리고 써 내려갈 텐데"(김희연, 「삶이란 무엇일까」). 나는 더 큰 자유를 원한다. 그렇게 "내가 한 노력을 알아달라" 소리쳤지만 "내 목소리"만 답으로 돌아올 뿐이다. 그저 메아리로 돌아온 "내 목소리에 위로받기로" 한다. 언젠가 나는 반드시 꼭 "반짝일 거야"라고 깊게 되새기며(정은아, 「반짝일 거야」). 따분하게 반복되는 일상에 지친 내 자신을 돌아보면 슬프다. 때로는 비장한 결심을 하게 된다.

나는 거울에 비친 내 모습을 본다. "망가지는 모습조차도/ 두렵지 않은" "머리에 신경쓰지 않는/ 나", "나는 이런 내가/ 너무 좋다"(윤은혜, 「나」). 또 "나는 관종이다/ 관심? 날 위한 것이다/ 난 관심 없인 살수 없다/ 그래도 구걸은 안 한다"(서은재, 「관심」). 나는 나를 사랑하고, 나는 무엇에도 거리낌이 없다. 나는 당당할 뿐이다. 하도 돌아다녀 양말이 뻥뻥 돌아가도 "그래도 열심히 다니는 내가 멋있다"(최연아, 「문제의 양말」).

오히려 '나'는 세상의 중심이 XY인 게 불만이다. "XX와 XY는 계단이 아닌/ 수평선 위에 있어야 한다"(유지희, 「나는 나」). 나는 '여성'이자 '나'로 태어난 존재라고 스스로 선언한다. 한 가족인데도 여자라는 이유로 무언가 차별받고 있다는 느낌은 그리 상쾌하지만은 않다. 나만 생일선물이 달라 몹시 서운하기도 했다(김서아, 「나만 다른 생일

선물」). 또 집안일에 나만 부른다. "왜 나만 부르냐고 물어보면/ 오빠는 공부해야 한다고 한다."(신지영, 「왜 나한테만 그래?」) 잘못 버릇든 남동생을 보면 더 어이없다. "집안일 1도 안 하고 이것저것 시키며/ 부탁만 하는 모습도 너무 싫다."(장주희, 「내 동생」) 은연중에 이런 동생을 부러워하는 '내 자신'을 깨닫는다. 정말 아니다.

저출산 문제로도 세상은 여성만을 탓하는데 "우리는 세상이 돌아가기 위해/ 존재하는 부속품이 아니"다(서은교, 「결혼→출산?」). 우리는 세상의 모든 사람과 똑같은 인간이다. 어리다고, 여자라고, 학생이라고, 세상은 수백만 가지 이름을 붙여 차별하려 들지만, "나는 나"이며, 여기 지금 한 사람으로 충분히 살고 있다. 우리는 조금이라도 무시되어선 안 되는 소중한 존재다. 그냥 우리는 존재 그 자체다. 우리는 친구와 가족과 선생님, 사람을, 정말 "사랑하는 사람"(양지온, 「저예요」), 즉 한없이 다정한 인간이다.

"2004년 2월 5일, 우리는 세상에 태어났다/ 1분 먼저 태어난 이은혜/ 1분 먼저 태어난 이인혜." '나'와 은혜는 쌍둥이다. "우리는 서로 또 다른 나를 보고 있는 것 같다."(이인혜, 「Ctrl C Ctrl V」) 우린 경쟁자가 아니란 걸, 서로 "함께 완성되는 존재"라는 걸 안다. 우리처럼 친구들도 서로 만들어나갈 수 있다면 좋을 텐데.

친구 사귀기

지금의 '나'와 처지가 가장 비슷하고 늘 옆에 있는 건, 바로 '친구'다. 친구가 너무 좋다. 친구와는 모든 걸 함께 나눌 수 있다. 문제는 지금의 나와 너무 비슷해서 어떻게 다가가야 하는지 어렵다는 점이다. "등교 첫날 달팽이가/ 등껍질 안으로 들어가듯 나도/ 몰래 숨어버리게 된다"(이홍주, 「친구 사귀기」). 서로 처음 만난 뒤 하루 이틀이 지나고, '다이어트'하는 일에 친구의 도움을 청할(박지선, 「물 2L」) 정도로 친해진다. 그러다가 투닥투닥 다툼도 생기고, 심한 갈등 같은 것도 생긴다.

첫 만남 때의 조심스러움은 없어진 지 오래다. "뒤에선 그렇게 욕하다가/ 앞에선 아무렇지 않게 웃는"(지유진, 「여중생」) 일도 겪는다. 친구의 말도 점점 신경 쓰인다. "그런 말이 나를 괴롭히려 할 때/ 난 허그 쉼터에 찾아와"(최지은, 「손톱 깎기」) 상담 선생님에게 고민을 털어놓기도 한다. 그래도 서로 풀지 못하면 "결국 화를 풀지 못한 채/ 멀어져 버린 우리"가 되고 "절대 만날 수 없는 평행선 위/ 나는 화살이 잔뜩 꽂힌 돌"(정지우, 「돌」)이 되어버리기까지 한다.

서로 정말 친했는데 왜 이런 일이 생겨버렸을까? '나'는 생각한다. 처음엔 "무리에 끼지 못해서 걱정"이었지만 "지금은 무리에 있으니 평화로운 건가"? "강한 자한테 약하고/ 약한 자에게 강하"게 되었나? "당하는 사람 마음은 생각 안 해 봤을까?/ 꼭 그랬어야만 했을까?"(이나연, 「꼭 그랬어야만」) 어느 무리에 끼어 친구를 아프게 만든 내 자신도 밉지만, 또 친구 역시 '나'를 아프게 했다. "웃는 척하며 행복한 척하며/ 내가 나의 그 상처를/ 깊게 더 깊게" 만든다. "누군가 알아봐 주었으면/ 누군가 괜찮다고 달래주었으면/ 가시덤불 같은 이 길이/ 꽃길처럼 피어나 있지는 않았을까"?(윤의진, 「시간이 약」)

우리의 고민은 더욱 깊어진다. '나'는 또 생각한다. 그리고 반성한다. "곁에 있으면서도/ 널 혼자로 만들었"고, "우리에게 이런 절망은 정말 처음이라/ 자책을 만들어냈고/ 자책은 분노가 되어/ 서로를 공격했지/ 나에게 불화는 처음이 아니었고/ 너를 잊는 것을 목표로/ 너무나도 잔인하게 행복을 누렸"다가 석 달 만에 친구를 다시 만나 서로의 마음을 확인하고는 눈물을 흘리며 화해하게 되었다. '나'는 다짐한다. "이제는 처음이 아니니까/ 다시는 실수하지 않겠다고/ 너의 이번 눈물이/ 처음이자 마지막이 되도록 하겠다고"(박서진, 「이제 처음이 아니니까」). 갈등이 깊었던 만큼 화해도 깊다. 새로 돋아난 이 우정의 씨앗은 찬란한 꽃으로 피어날 것이다.

작은 사회 만들기

여느 중학생들처럼 공주여중 친구들도 작고 큰 관계들을 엮어가며 쑥쑥 성장하고 있다. 가족을 넘어 친구 관계를 맺고, 나아가 '학교'라는 사회와도 관계를 맺는다. "신발 뒤축을 아무렇게 꿰어 신고/ 버스 정류장으로" 나가는 등교 시간(최가영, 「서바이벌 등교」), 학교에 빨리 가야 하는데 문제가 생긴다. "버스 카드를 댔다/ 잔액 부족이 떴다"(임지은, 「동전 부자」). 이런! "친구들과 이야기도 안 하고 잔다/ 나무늘보는 자고 또 잔다/ 왜 자꾸 졸린지"(김혜연, 「나는 너, 너는 나」) 모르겠는 수업 시간, "평일은 거북이 같은데/ 주말은 왜 이리 토끼 같은지"(배지우, 「토끼 같은 주말」) 모르겠는 1주일이라는 시간에 쫓기며 학교라는 작은 사회에 적응하고 있다. "가고 싶다 집에/ 나가고 싶다 학교에서"(황소윤, 「가나다라마바사」). 사실 적응이 쉽지 않다.

학교에는 정해진 시간이 있고, 여러 규칙이 있다. "스티커 받기 위해 국까지 다 먹었"는데(김민지, 「수요일엔 다 먹는 날」), 친구들은 안 먹었다. 배신이다. 어떤 규칙은 불합리하다. 그래서 반발하고픈 마음이 생긴다. "얘들아 규칙을 지켜야지/ 언제부터 억압받는 게 규칙이 된 거죠?", "너희들 그런 애들이구나/ 그런 애들 기준이 도대체 뭔데요?/ 선생님들이 만든 틀에/ 저희를 맞춰 넣으려 하지 마세요"(정새빈, 「속마음」). 나아가 학교는 "다른 사람 따라 하지 말래/ 독창적으로 만들래/ 창의력과 창조성이 중요하대/ 다 똑같지만/ 다 달라야 한대"(고수연, 「왜 안 돼?」)라고 한다. 너무나 모순투성이다.

학교를 중심으로 진행되는 일상 역시 여러 곳에서 압박으로 다가온다. "학원에서 시작하는 도박/ 당연한 듯 내게 오는 속박/ 선생님은 매일같이 구박/ 구박하는 선생님은 야박/ 오늘도 내 시험점수는 소박/ 집에 가는 발걸음은 타박타박/ 아싸 엄마 주무신다 대박"(박윤아, 「쪽박」). 일상은 반복되는 압박의 라임이고, 우리 삶은 그대로 랩이 된다. 수업과 시험이 어렵고 힘들지만 더 슬픈 것은 "나를 위로해주는 내 소중한 친구들이/ 내 경쟁자라는 것"(노가영, 「이타적인 경쟁자」)이다.

하지만 그럼에도 체육시간에 '피구'를 하면서 "온몸을 던지며 서로 돕는 시간/ 너와 나는 같은 마음"이라고, "묵직하고 비장한 목소리/ 지금만큼은 모두가 일심동체"(홍민지, 「피구」)임을 느낀다. 우리의 친구들은 고단한 학교생활을 견디게 하는 든든한 버팀목이 된다. 우리들의 우정에 따라 학교도 매일 매달 매년 변화하고 성장한다. 학교도 자란다. 어쩌면 '우리'가 학교라는 작은 사회를 만들어가고 있는 걸지도 모른다. 공주여자중학교는 공주여중 친구들이 만들어가는 공동체인 것이다.

자연스러운 것들

이성에 관한 관심은 자연스러운 것이다. 몸도 마음도 성장하는 중

학생으로서 당연한 일이다. "사람들이 북적북적한 100번 버스 안/ 매의 눈으로 버스 안을 스캔"하는 까닭은? 괜찮은 아이가 날 쳐다본 순간, "요동치는 나의 심장/ 심장아 조용히 좀 해/ 너 때문에 다 들키겠다"(김혜인, 「헛된 로맨스」). 재밌는 순간이다. 이명(耳鳴) 치료를 받으러 병원에 가서도 잘 생긴 의사 선생님만 눈에 들어온다(김수아, 「이명이 들렸으면 좋겠다」). 못 말릴 일이다.

새로 산 원피스가 맘에 들지 않아 "아이라인은 진하게/ 마스카라는 하늘까지 높이/ 입술은 쥐 잡아먹은 듯이/ 풍선껌 하나 씹으면서/ 환불 하러 간다."(김태희, 「환불받는 방법」) 말리지 말기를! 맙소사, 매장 언니가 '나'보다 더 예쁘고, 인상이 너무 강하다. 망했다. 예뻐지기 쉽지 않구나. 누군가 그러지 말라고 말렸어야 했는데.

다음 생에 미남 배우 왕대륙의 부인으로 태어나고 싶다거나(김가빈, 「장난스런 키스」), BTS 정국 오빠의 열애설에 눈물이 나는 것(김정이, 「정국 오빠」)은 말릴 수 없다. 날아온 축구공을 막아준 그 애가 미소 띤 얼굴로 "괜찮아?"하며 물을 때 "그저 평화롭던 나에게/ 무슨 일이 생겨버리고 말았다"(김다은, 「해바라기」). '나'는 그를 위한 한 송이 해바라기가 되는 것이다. "손 닿은 자리에 열꽃이 피어서/ 자꾸 간질간질"(문주희, 「집 가는 길」)거리는 일은 자연스러운 사건이며, 너무나도 건강하다는 증거다.

"근데 이게 중3의 고민이어도 되는 걸까"(박채림, 「찾아주세요」)하는 물음에 관한 답변은 '당연한 것이며, 또 고민하지 않아도 된다'이다. "기분 좋은 날", "가장 설레고도 걱정되는 날"이 '나'에게 온 것도 자연스러운 일이다. 거울을 수십 번 들여다보고 머리와 옷차림을 수십 번 매만지는 까닭도 그 또한 "나를 보면 심장이 뛸길"(전유빈, 「목요일과 또치 사이」) 바래서다. 사랑은, 그리고 연애감정은 우리의 삶을 풍요롭게 하는 묘약(妙藥)이다.

있음과 없음

공주여중 학생시집 『반짝일 거야』를 읽다 보면, '민들레'가 있는 시 세 편을 만난다. 세 송이 민들레는 각각 다른 자리에 있다. 하나는 학교 담장 구석에, 다른 하나는 친구의 손목에, 마지막 하나는 도로 옆 보도블록 사이에 있다. 담장 구석에 핀 민들레는 오직 나하고만 마주 보고 있다. "지나가는 사람은 여전히 아무도 없었다/ 마법 같은 순간이었다"(원정연, 「흰 민들레」). 오래전부터 나만을 기다리고 있었던 것 같은 민들레는 나에게 '어떤 의미'로 가득한 존재다.

"무심결에 바라본 지우 손목/ 노란색 봄 같은 것"도 민들레다. 친구 손목에 대롱대롱 매달린 민들레는 조금 위태롭게 매달려 있다. 하지만 어떤 순간보다 더 '봄'이 왔음을 느끼게 한다. 그래서 민들레는 "보면 볼수록 꽃 같은 봄"(전재희, 「민들레 팔찌」)이다. 마지막 하나는 "보도에 핀/ 아주 작은" 민들레다. 하지만 이 민들레로 해서 "밋밋한 도로가/ 환해"(윤지현, 「환해지다」)지고 있다. 황량한 공간을 매우 생기 있는 장소로 바꾸는 매력을 지닌 민들레. 세 편 모두 그 자리에 '있음'으로 해서 저절로 '의미'가 탄생하는 '존재'들이다.

"형광등 하나가 짊어지기엔/ 이 방의 넓이도 밤의 어둠도 버거웠나 보다". 방 안 형광등이 갑자기 꺼졌다. 그런데 우리들 하나하나가 빛이고 우린 혼자 있지 않다. "함께 빛을 낼 친구가 분명히 있을 것이다/ 빛을 잃은 친구도 있을 것이다/ 친구를 빛내는 형광등이 되어 볼까"(한해영, 「형광등」). 그저 '지금 여기' 함께 있어서 서로를 오래 빛

나게 하는 사람들, 친구들. '나'도 이들에게 친구이고, 친구를 빛나게
하는, 하나의 사람이다. 그 깨달음이 소중하다.

'있음'은 '없음'으로 해서 의미를 발생시킨다. 거꾸로 '없음' 또한 '있
음'으로 해서 의미를 얻는다. 두더지와 고양이와 기러기는 "화단보다
좁고/ 담장보다 낮고/ 남쪽보다 추운/ 주차장/ 한 귀퉁이/ 배수구 옆"
무덤(노유민, 「무덤」)에 있다. 분명히 활발하게 땅 밑, 땅 위, 하늘을
다니던 존재들이었는데 지금은 없다. 각기 '무덤'에 있다.

"오래된 책장 밑에서 발견한/ 바싹 마른 물고기"는 어항을 떨어뜨
려 일곱 마리만 다시 살려내고 잃어버린, 그대로 홀로 죽어간 물고기
(박은지, 「죽은 물고기는 아무 말도 해주지 않았다」)다. '나'는 속으로
말한다. "거기 있다고/ 귀띔이라도 해주지". 어떤 '없음'은 가엾거나
슬프거나 하는 감정 이상으로 우리를 가만히 '존재의 의미'를 생각하
게 한다. '삶' 그리고 '죽음'은 우리에게 어떤 의미일까? 그 자체로 커
다란 물음이며, 오래 깊이 생각해보아야 할 문제다.

우리들의 찬란한 시간

시집 『반짝일 거야』에 실린 모든 시들 한 편 한 편이 귀하다. 부모
님과 형제들, 친구들과 나, 학교와 자연, 존재의 의미 등 다채로운 소
재와 주제로 낱말 하나, 문장 하나에 정성이 가득한 시들이다. 꾸밈
없이 솔직하고 담백하게 마음을 충분히 담아냈다. 가장 훌륭한 시는
진실한 시다. 맑은 하늘, 다사로운 햇볕 아래 곱고 당찬 마음가짐으
로 솔직한 시를 들려준 공주여중 친구들이 참 고맙다.

"내 옆자리는 비었다/ 내 옆에는 아무도 없다고 느껴진다/ 하지만
어쩌면/ 교탁에서/ 떨어져 있는 책상에서/ 각자의 방에서/ 나를 생각

하고 있는/ 누군가가 있을 수도 있다"(송시언, 「꼭 가깝지 않아도」). 보이지 않는다고 해서 없는 것이 아니다. '나'를 그리워하고 생각하는 누군가는 반드시 꼭 있다. 나'는 혼자가 아니다. 한편, 우리 안에도 '여럿'이 함께 살아가고 있다. 우리 안에는 어릴 적 내가 있고, 엄마와 아빠, 친구와 선생님들이 함께 만든 추억이 가득하다.

시는 그걸 꺼내 표현하는 것 그 이상 그 이하도 아니다. 이 표현들을 함께 읽고, 함께 즐거워하고, 함께 슬퍼하면서, 함께 있음을 만끽하는 것. 그게 바로 이 시집이 주는 최고의 문학적 성취라고 하겠다. "고양이와 함께/ 창밖을 내다봤어/ 눈이 내리는데/ 분홍빛 눈이 내리고 있었지// 일찍 핀 꽃들의 꽃잎이/ 눈과 섞여 떨어지고 있었어/ 분홍빛 겨울이었지/ 시리지 않은 겨울이었어"(임나영, 「분홍빛 겨울」). 시집 『반짝일 거야』와 함께 '시리지 않은 겨울'이 시작되었다. (*)